LE CHIEN DEBOUT

J'AI LU BD

SOKAL

AUX ÉDITIONS CASTERMAN

CANARDO

LES PREMIÈRES ENQUÊTES DE CANARDO

LE CHIEN DEBOUT

LA MARQUE DE RASPOUTINE

LA MORT DOUCE

NOCES DE BRUME

L'AMERZONE

Adaptation graphique de Sylvie Mocaer

SOKAL

Une enquête
de l'inspecteur Canardo

LE CHIEN DEBOUT

...FICHU TEMPS... GRMMBL

ROO..VROOOOOOOOOOoo...
?
?
?
VROOOOOOM...
OOOOOO

PAF
NON, MAIS T'AS PAS HONTE, DÉGUEULASSE !?
M'ENFIN ! AVEC C'TE PLUIE, J'POUVAIS PAS LE VOIR.
TU L'AS FAIT EXPRÈS, J'EN SUIS SÛR ! LA CARROSSERIE EST TOUTE TACHÉE À PRÉSENT !!!

HÉ, HÉ, HÉ, HÉ... IL N'A MÊME PAS EU LE TEMPS DE DÉVORER SA CAROTTE !
ÇA FAIT LE TROISIÈME LAPIN QU'ELLE M'ATTRAPE CELLE-LÀ, ET ELLE FERA ENCORE DE L'USAGE, C'EST SÛR !
PARCE QUE, QUAND, COMME MOI, ON A LES SENS ÉMOUSSÉS PAR UN LOURD PASSÉ DOMESTIQUE, FAUT BIEN RECOURIR À QUELQUES MENUES RUSES POUR SUBSISTER...
D 76
2 KM

...LE LAPIN C'EST PLEIN DE P'TITS OS, MOI, J'PRÉFÈRE LE CANIGOU...
HÉLAS! FAIRE RENVERSER UNE BOÎTE DE CANIGOU PAR UNE VOITURE, SUR UNE ROUTE DE CAMPAGNE, ÇA N'ARRIVE POINT TOUS LES JOURS...
ALLEZ! HOP! UN P'TIT COUP POUR LA DES--CENTE!
CLING
BLONG!
AAAAH!!! ÇA FAIT PAS D'MAL, TIENS. ALLEZ.. EN ROUTE!
HÉ, HÉ, HÉ..., J'TIENS LA FORME, NOM DE DIEU, IL NE VA PAS ÊTRE TRISTE MON RETOUR AU PAYS... 10 ANS!!! TOUT DE MÊME, FAUDRA P'TÊTE LEUR RAFRAÎCHIR LA MÉMOIRE À CES VEAUX...

...ET ELLE ! EST-CE QU'ELLE M'A OUBLIÉ ELLE !

...DERRIÈRE LA GRANGE DU PÈRE JULES, J'ME SOUVIENS. LE BAR À FREDDO, UN P'TIT CABANON DE PLANCHES CONTRE LE MUR DU POULAILLER.

DEHORS MINUS TU M'POMPES L'AIR!
BIGRE ! IL YA TOUJOURS AUTANT D'ANIMATION... HÉ, HÉ, HÉ, HÉ !
PAS D'MAL, MON GARS ?
ÇA IRA, ÉTRANGER, J'EN AI VU D'AUTRES...

?
...C'EST KARTLER, LE GROS CLÉBARD DU DOU-ANIER ; PARCE QUE LE MAÎTRE A UNE CAS-QUETTE ÉTOILÉE ET UN PANTALON RAYÉ LE CHIEN S'CROIT TOUT PERMIS !
EN TOUT CAS GILBERTE IL L'AURA PAS ! JAMAIS ! HA, HA, HA, HA !!!
QUOI ! TU... TU SAIS OÙ ELLE EST !.. HEIN ? DIS-LE-MOI, J'T'EN SUPPLIE !
...LÀ OÙ ELLE EST, ELLE EST PLUTÔT BIEN, GILBERTE... ET MOI J'AI VRAIMENT RIEN À FAIRE DANS CETTE HISTOIRE...
SALUT, ÉTRANGER.
MAIS ?
ÉTRANGE PERSONNAGE... QUE VOULAIT-IL DIRE ?
FREI

...ET LE PREMIER QUI OSE BRONCHER SUBIRA LE MÊME SORT, VOUS ÊTES PRÉVENUS, BANDE DE MINABLES !

...VOUS DÉSIREZ, ÉTRANGER?
..HEU..DIS-MOI PETITE, C'EST QUOI LA GRANDE BOUTEILLE LÀ-HAUT?...
HAAA! ÉTRANGER, PERSONNE NE BOIT DE CELLE-LÀ, C'EST UNE VIEIL-LE HISTOIRE, UN VIEUX SOUVENIR, QUOI...
ELLE APPARTENAIT À UN CHIEN ERRANT, GENRE TÊTE BRÛLÉE... SA BOUTEILLE IL ÉTAIT LE SEUL À POUVOIR LA VIDER D'UN TRAIT!!!

?

J'L'AI PAS CONNU MOI, FERNAND, TROP VIEUX POUR MOI... C'EST MON PÈRE QUI M'A RACONTÉ.

?
DONNE-LA-MOI C'TE BOUTEILLE, ...
..OUI..OUI T..TOUTSUITE M'SIEU KARTLER, TOUTOSUITE!
¡DIOTE! J'PEUX EN FAIRE AUTANT. MOI!
FERNAND, J'LUI PISSAIS D'SUS MOI!
GLOU
GLOU
FFFFFRT

RATÉ ! C'EST À MON TOUR MAINTENANT ; REMPLIS LA BOUTEILLE, PETITE !
MAIS ?!
FAIS C'QUE J'TE DIS, VITE ! J'AI SOIF !
...C...C'EST IMPOSSIBLE ! C'EST P... PAS LA B...BOUTEILLE À FERNAND ! LA S...SIENNE ÉTAIT BEAUCOUP PLUS P...PETITE !
TEU !
TEU
TEU !
?
QUOI ! TU OSES ME DÉFIER ÉTRANGER !

...TU NE SAIS DONC PAS À QUI TU AS AFFAIRE !!! ...ON VA SORTIR TOUS LES DEUX, J'VAIS T'SAIGNER COMME UN PORC, ÉTRANGER !!!

MAIS... QUE ! VIDE ! ÇA ALORS !!!
ÉTRANGER, T'AS TRICHÉ J'EN SUIS SÛR !!!
BURP.

NON! JE N'AI PAS TRICHÉ, KARTLER!
LA PREUVE!
FERNAND
QUE.. QUELLE BONNE SURPRISE!
COMME TU VOIS, KARTLER, J'SUIS REVENU... MAIS TROUILLE PAS COMME ÇA VOYONS! DIS-MOI SIMPLEMENT OÙ J'PEUX TROUVER GILBERTE.
... D..D..DU CALME, F..FERNAND. T..TU SAIS, LES

CHOSES ONT CHANGÉ ICI, C'EST PLUS COMME DANS LE TEMPS ; J'SAIS PAS OÙ ELLE EST, GILBERTE... J'T'ASSURE, FERNAND, Y'A LONGTEMPS QUE J'L'AI PLUS VUE ET PUIS, TU SAIS, FAUT QUE J'ME TAILLE
HEU.. PARCE QUE ON M'ATTEND AUTRE PART...
PPFFF.. ALLEZ, DONNE-MOI ENCORE À BOIRE, PETITE, J'AI TOUJOURS SOIF !
...BUVEZ PAS TANT, M'SIEU FERNAND, V'Z'ALLEZ VOUS FAIRE DU MAL... ET PUIS, KARTLER, IL VA REVENIR AVEC SES COPAINS...
HIPS !... FAUT QU'J'TE DISE, P'TITE : HIPS !... ELLE M'AIMAIT BIEN TU SAIS, LA GILBERTE...
B.. BAIS, ELLE AIBAIT ENCORE BLUS SA BÂTÉE.. HIPS ! BUIS SON BAÎTRE AUSSI !

...ELLE VOULAIT QUE J'DEVIENNE UN CHIEN DOMESTIQUE, ET MOI J'VOULAIS PAS, TU COMPRENDS.
HIPS!
...ALORS J'SUIS PARTI. L'ALGÉRIE, LA LÉGION, MASCOTTE OU RÉGIMENT...
..L'ALGÉRIE! AAAAHH!!! L'ALGÉRIE..
C'T'AIT MON TRIP ÇA!!

...LA GILBERTE, ELLE DISAIT TOUJOURS : "À COURIR LES ROUTES SANS ARRÊT, TU PUES L'CHIEN MOUILLÉ...", ET BEN, LÀ-BAS, ELLES DISAIENT TOUTES QUE J'SENTAIS L'SABLE CHAUD!!!
GILBERT
EST
...

...ET BEN, TOUT DE MÊME, LÀ-BAS FAUT CROIRE QU'ELLE ME MANQUAIT TU SAIS, LA GILBERTE...
...ET OÙ C'EST QU'ELLE EST À PRÉSENT?
TU L'SAIS P'TÊTE TOI, HEIN?. DIS-MOI...
MORTE, FERNAND !!!
?
ET C'EST TOI QUI L'AS TUÉE!

..ON L'A RETROUVÉE EN CONTREBAS DE LA ROUTE QUI MÈNE AU VILLAGE... ELLE AVAIT LE CRÂNE FRACASSÉ !!! ...SUR LA ROUTE, IL Y AVAIT DU SANG ET DES TRACES DE PAS : TES PROPRES TRACES !
GILBERTE...

GILBERTE EST MORTE!

FLOC

AÏLLE CON!.. M'A FAIT MAL! MAIS ATTRAPEZ-LE, BON SANG!
OOOH! LE PAUVRE!
..ÇA VA PATRON, ON LE TIENT: IL S'EST ENDORMI TOUT SEUL. APPAREMMENT IL EST EN PLEIN COMA ÉTHYLIQUE...
QU'.. QU'ALLEZ-VOUS FAIRE DE LUI, M'SIEU KARTLER! IL. IL EST SI JEUNE!!!
TOI, TE MÊLE PAS DE ÇA! TU EN AS ASSEZ FAIT POUR AUJOURD'HUI! FAUDRAIT P'TÊTE TE RAPPELER À QUI TU DOIS TA SITUATION PRIVILÉGIÉE...

...ET QU'ON EMMÈNE CE BÂTARD HORS DE CE QUI M'RESTE DE VUE!!

J'VEUX QU'IL SOUFFRE... Q..QU'IL SOUFFRE ATROCEMENT! VOUS M'ENTENDEZ!
MAIS!

YAPADEMAISQUITIENT!!! T'AS DU BOULOT CE SOIR, TOI! FILE CHEZ LE DOCTEUR EN VITESSE! À MOINS QUE TU NE PRÉFÈRES QUE CE SOIT FAUST QUI VIENNE TE CHERCHER...
VOUS POUVEZ COMPTER SUR MOI, PATRON! HIN! HIN! HIN! HIN!
NON M'SIEU KARTLER, PAS FAUST J'VOUS EN SUPPLIE! J'IRAI, C'EST JURÉ!
ATTACHEZ-LE BIEN! ET RÉVEILLEZ-LE, VOUS AVEZ ENTENDU LE PATRON, FAUT QU'IL EN BAVE!!!

FLATCH

...ALORS, FERNAND, ON REMONTE À LA SURFACE.. TANT MIEUX, HÉ, HÉ, HÉ... ON VA VOIR SI TU TIENS MIEUX LA SOUFFRANCE QUE L'ALCOOL...
...MAIS! J'TE RECONNAIS TOI : DANS LE TEMPS ON T'APPELAIT "LE CHÂTRÉ" PAS VRAI ?

RAAAA! DEPUIS LA MATERNELLE T'AURAIS DÛ T'EN SOUVENIR, FERNAND : JE NE SUPPORTE PAS QU'ON M'APPELLE COMME ÇA ! TU VAS LE PAYER TRÈS, TRÈS, TRÈS CHER !!!
PLUS CHER YAPAMOYEN !
TU VAS AVOIR DROIT À LA PLUS FANTASTIQUE TORTURE MISE AU POINT PAR MON GÉNIAL CERVEAU !
DANS LE HANGAR LÀ-BAS, YA 500 POULES QUI DORMENT...
YA RIEN D'PLUS BÊTE QU'UNE POULE.
ÇA NE PENSE QU'À UNE CHOSE : PICORER !

OR... QUAND UNE POULE PICORE, ELLE FRAPPE LE SOL DE SON BEC JUSQU'À CE QUE CELUI-CI RENCONTRE UN GRAIN DE MAÏS... ALORS, SUPPOSE QU'ON TE RECOUVRE LE CORPS DE GRAINS DE MAÏS ET QUE LES 500 POULES QUI SONT LÀ SE METTENT À PICORER AVIDEMENT TA TRISTE PERSONNE... QUE VA-T-IL SE PASSER ? MMM ?..
APRÈS UNE HEURE TU RESSEMBLERAS À UN HOMARD CUIT !
PETIT À PETIT, ELLES TE RÉDUIRONT EN BOUILLIE : LES YEUX, LE NEZ ET PUIS LE SEXE AUSSI ! TU NE SERAS PLUS QU'UNE PLAIE BÉANTE QUI N'EN FINIRA PAS DE CREVER ! HIN ! HIN ! HIN !

TAIS-TOI DONC, LE CHÂTRÉ: IL Y A P'T'ÊTRE DES GOSSES QUI ÉCOUTENT AUX FENÊTRES.
C'EST ÇA! FAIS DE L'HUMOUR, FERNAND, MAIS ÇA NE M'IMPRESSIONNE PAS!!!

ET PUIS, D'AILLEURS T'IMPRESSIONNES VRAIMENT PLUS PERSONNE ICI... LES GENS N'ONT RIEN À FAIRE DE TES NOSTALGIES DE VIEUX DUR SUR LE RETOUR! T'AURAIS JAMAIS DÛ REVENIR!

..GILBERTE AUSSI, ELLE T'AVAIT OUBLIÉ... ET PUIS ÇA S'EST PLUTÔT MAL TERMINÉ VOS RETROUVAILLES !
MAIS J'L'AI PAS TUÉE, GILBERTE !

C'EST UNE EFFROYABLE MACHINATION ! GILBERTE, JE NE L'AI PAS REVUE DEPUIS MON ARRIVÉE... ET PUIS C'EST BIEN LA DERNIÈRE PERSONNE QUE J'AURAIS DESCENDUE !
TAIS-TOI, FERNAND, TU VAS M'FAIRE PLEURER !!!

...APRÈS TOUT, QUE TU AIES TUÉ GILBERTE OU NON, CELA N'A AUCUNE IMPORTANCE ! MOI, MES MOTIVATIONS NE SONT PAS LES MÊMES QUE CELLES DE KARTZER : SIMPLEMENT, MOI, JE TE TUE PARCE QUE JE TE TROUVE GÊNANT ET ENNUYEUX ET JE TE FAIS SOUFFRIR POUR ME DÉSENNUYER UN PEU !
LES POULES, MAX ! JE SUIS PRESSÉ DE LE VOIR SOUFFRIR !!!
?
MAÏS ?
CRIOOUK

PFFFF...
APPELLE LES POULES, CHÂTRÉ, J'SUIS FATIGUÉ D'VIVRE TOUT À COUP..
MAÏS! MAÏS!
= BOUFFE!

MAÏS!
JE TE LE CONFIE, MAX. DÈS QU'IL COMMENCE À CRIER, TU M'APPELLES.. J'SUIS AU BAR...
COMPTEZ SUR MOI, CHEF!
CÔÔ
CLOC

CÔÔÔT
COOAT
...HÉLAS, J'CROIS BIEN QUE CETTE FOIS C'EST LA FIN !
COOAT
...SI JE NE PARVIENS PAS À SOUDOYER MON GARDIEN, JE SUIS FOUTU !
CÔÔT
COÂT

PSSST... MAX! 50 DOLLARS POUR TOI SI TU ME LAISSES FILER.
100?
500?
1000?
HASCHICH?
ARGL!

RÂÂÂH!

...LIBANAIS OU PAKISTANAIS ?

COOOK
BELGE GRIS, DANS MA POCHE...

MAIS ! TU N'ES PAS... J'TE RECONNAIS TOI ! ... ET MAX
MORT...

COMPRIS...
COT!
COT!
J'TE SUIS VRAIMENT RECONNAISSANT MON GARS ! MAIS, POURQUOI QUE T'AS FAIT ÇA ?.. C'ÉTAIT DRÔLEMENT RISQUÉ!!!
POUR LE HASCH ! QU'EST-CE QUE TU CROIS !
JE NE SUIS PAS UN HÉROS MOI!!!
?

...AAAH, TA MODESTIE T'HONORE, MON GARS; MAIS JE NE SUIS PAS DUPE! SOUS TA RUDE ÉCORCE, JE DISCERNE SANS PEINE UNE ÂME FIÈRE ET NOBLE!!!
.....!?
...CROIS-MOI, ÉTRANGER, AU LIEU DE RACONTER DES ÂNERIES, TU FERAIS MIEUX DE FILER D'ICI EN VITESSE! OUBLIE TES VIEUX AMOURS, TU N'AS PLUS RIEN À FAIRE ICI, ET SURTOUT PAS TE VENGER DE CHOSES QUI TE DÉPASSENT!!!...
L'AMBIANCE N'EST PAS TRÈS CHOUETTE TU SAIS... À MON AVIS, TU SERAIS DÉÇU...
PFFFFFF...

JE ME DEMANDE SI J'AI BIEN FAIT DE TE DÉLIVRER, ÉTRANGER. "LE CHÂTRÉ" AVAIT RAISON : PARFOIS, TU ES ENNUYEUX !

C'EST BON...
Y'A RIEN À FAIRE, HEIN ?
T'ES BUTÉ !
...DANS CE CAS PRENDS ÇA, T'EN AURAS SANS DOUTE BESOIN...
..FAUT QUE TU SACHES AUSSI : GILBERTE CRÉCHAIT CHEZ LE DOCTEUR CALHOUN (LA GRANDE BARAQUE APRÈS LE BOIS). LA DERNIÈRE FOIS QU'ON L'A VUE VIVANTE ELLE AVAIT DÉCIDÉ DE ROMPRE AVEC KARTLER (ELLE ÉTAIT SA MAITRESSE, HÉ OUI!) C'ÉTAIT IL Y A 10 JOURS.

..UN MOT ENCORE : MÉFIE -TOI DE CE DOCTEUR CALHOUN ON RACONTE SUR LUI DES CHOSES QUI ME DONNENT LA CHAIR DE POULE, CE QUI N'EST PAS PEU DIRE... MAIS ÇA, C'EST TON AVENTURE, PAS LA MIENNE ÉTRANGER...

VAS-Y MAINTENANT, ÉTRANGER : LE JOUR SE LÈVE...
MMM...

T'AS RAISON... SALUT MON GARS... ET MERCI POUR TOUT...
ARRÊTE DE ME REMERCIER SANS ARRÊT ÉTRANGER : ÇA M'ÉNERVE!

PFFF.. ON A BEAU DIRE C'EST BEAU TOUT DE MÊME L'HÉROÏSME DES AUTRES... QUEL BEL EXEMPLE VIRIL POUR LA JEUNESSE

..ET "LE CHÂTRE"... MERDE, IL VA S'APER-CEVOIR DE L'ÉVASION... IL VA DONNER L'ALERTE, AVERTIR KARTLER, C'EST SÛR! J'CROIS QUE J'VAIS FAIBLIR, FAIRE LE HÉROS JUSTE UN PETIT PEU, PAR DERRIÈRE S'IL YA MOYEN...
CHEZ FREDDO
C'EST CE CON DE FERNAND QUI DONNE LE MAUVAIS EXEMPLE. HEUREUSEMENT, "LE CHATRE" EST PLUS PETIT QUE MOI!!!
..N'EMPÊCHE, ÇA VA FOIRER... J'LE SENS
?
DIS DONC TOI! J'VEUX PAS D'VOLAILLE DANS LES PARAGES! C'EST CLAIR!

DIS-MOI , PATRON, T'AS DÉJÀ NETTOYÉ PAR TERRE CE MATIN
BEN, HEU, NON PAS ENCORE EU LE TEMPS!
?
DANS CE CAS, JE VAIS TE TUER ICI, "LE CHÂTRÉ",... AVEC MON CANIF, PARCE QUE J'AI PRÊTÉ MON PÉTARD À UN P'TIT CAMARADE
MAIS!?
CLIC!

MAX! AU SEC!!!
AAAAAAARG!
VA LE RETROUVER, PETITE ORDURE!

J'PEUX NETTOYER À PRÉSENT, M'SIEU ?
N..NON!...UN INSTANT JE VOUS PRIE...

MOI J'PRÊTE PAS MES AFFAIRES!
BANG

... PROFITONS DE CE BREF INSTANT DE RÉ-PIT POUR RETROUVER NOTRE HÉROS QUI APPROCHE DE LA DE-MEURE DU MYSTÉRIEUX DOCTEUR CALHOUN...
LE MUR D'ENCEINTE, C'EST LÀ !

BIGRE! C'EST BIEN DÉFENDU!

?
TIENS!

..QUELLE EST DONC CETTE ODEUR SUBITE ET VIOLENTE ? ÇA ME RAPPELLE QUELQUE CHOSE !
SNIF! SNIF!
ÇA Y EST ! ÇA M'REVIENT ! C'.. C'EST.. C'EST..
C'EST L'IRRÉSIS--TIBLE ODEUR DE POUBELLE !
..DES MILLIERS DE POUBELLES ! DU POISSON POURRI, DE LA VIANDE AVARIÉE, J'EN PASSE ET DES PLUS FAISANDÉES !! OOH, BON NEZ !!! C'EST PAS POSSIBLE !

...SON INTENSITÉ AUGMENTE SANS CESSE... J'VAIS CRAQUER... J'LE SENS!
ÇA Y EST! J'AI CRAQUÉ!
ÇA VIENT DE PAR LÀ!
PARDONNE-MOI GILBERTE
ET PUIS NON!!! FAUT TE REPRENDRE, FERNAND TU NE PEUX TRAHIR LA MÉMOIRE DE TA FIANCÉE POUR DES POUBELLES
?
J'ME DÉGOÛTE TIENS!
TIENS! L'ODEUR CHANGE DE DIRECTION...

UN TROU DANS LE MUR!!! ÇA VIENT DE LÀ À PRÉSENT!!! J'AI VRAIMENT L'IMPRESSION D'ÊTRE MENÉ PAR LE BOUT DU NEZ VERS UNE DESTINA--TION PRÉCISE!!!
KAAiiii!!!
OOUAF!
OUAF!
KAÏ!
MAIS? QUE!!
WOOF
OUAF

?
OUAF KAÏ!
...ÇA ALORS! ON DIRAIT QUE J'SUIS PAS L'SEUL EN PLUS!... QU'ON CHERCHE À ATTIRER TOUS LES CHIENS ERRANTS DE LA RÉGION!
..IL FAUT DONC QUE J'ENTRE LÀ-DEDANS AVEC PRUDENCE ET CIRCONSPECTION! ..EN FUMANT COMME UN TURC, J'ARRIVERAI SANS DOUTE À ANNI--HILER CETTE ODEUR DÉMONIAQUE!

EN ROUTE!!!! DERRIÈRE CE MUR SE TROUVE SANS DOUTE LA SOLUTION DE L'ÉNIGME! IL FAUT QUE JE SACHE QUI A TUÉ GILBERTE!
...ET PUIS, J'ARRIVERAI PAR OÙ "ON" NE M'ATTEND PAS!!!
...AH DIABLE! L'ODEUR SUIT CE SENTIER, ... EN PASSANT PAR LES TAILLIS, JE SERAI DONC À CONTRE VENT.

HOLÀ, TOI...
AAAH!

T..T..T TON FRIC.. V..V..VITE..
M..MAIS, CALMEZ-VOUS VOYONS! CONTRE ÇA, VOUS NE FAITES PAS LE POIDS!

TU M'AS ENTENDU!!! TON FRIC!
..FAUT QUE J'TE CRÊVE POUR QU'TU COMPRENNES, C..C'EST ÇA HEIN!!!
QU'KEKCEKÇA POUR UN MALADE?! EN ATTENDANT SI J'TIRE J'ME FAIS REPÉRER, C'EST SÛR!!!
MAIS?! Q...AARGFBLXYZBLL...
HEU... DITES DONC. ÇA N'A PAS L'AIR D'ALLER TRÈS BIEN TOUT À COUP
AAAAAAARG
AH, J'VOIS CE QUE C'EST: UNE MIGRAI-NE, N'EST CE PAS?
J'CROIS QU'IL ME RESTE UN ASPRO AU FOND D'MON SAC..

RÂÂÂ
HÉ, HÉ, HÉ, MAIS IL MEURT MA PAROLE !
QUE LA PROVIDENCE SOIT LOUÉE !
..TOUT DE MÊME, LE MALHEUREUX ! COMME IL AVAIT L'AIR DE SOUFFRIR !

ÂH
GLOPS!
HÉ MAIS! KEKCECSA?

C... C'EST HORRRRRIBLE !!! Q..Q..QUI LUI A MIS ÇA DANS LA TÊTE !!!
C'EN EST TROP !
FLATC
CETTE HISTOIRE ME PLAIT DE MOINS EN MOINS... LE CANARD AVAIT RAISON.. J'AURAIS MIEUX FAIT DE FILER
..C'EST PLUS DU JEU !! MOI J'SUIS PAS FAIT POUR LES AVENTURES PLEINES DE BRUI ET DE FUREUR, J'PRÉFÈRE LES HISTOIRES BOURRÉES DE FINE PSYCHOLOGIE ! J'SUIS PLUS TOUT JEUNE MOI !

OH ÇA VA! C'EST BON! J'CONTINUE
PFFF. FOUTUE MORALE JUDÉO-CHRÉTIENNE!

UN PEU PLUS TARD...
NOM DE DIEU, LA MAISON DU DOCTEUR!
DIABLE! ÇA NE VA PAS ÊTRE DU GÂTEAU! C'EST RUDEMENT BIEN GARDÉ!!!

MERDE... J'AI LA TROUILLE!
QUEL EST DONC LE FOU QUI A DIT QUE LE COURAGEUX AVAIT PEUR AVANT, LE LÂCHE PENDANT
...ET LE TÉMÉRAIRE, APRÈS? MOI, J'AI PEUR TOUT LE TEMPS! EN FAIT, JE SUIS SIMPLEMENT UN COUILLON QUI FONCE!

...TOI, T'AS INTÉRÊT À OUVRIR L'OEIL : SI TU LE LAISSES ÉCHAPPER TA DOSE TE PASSERA SOUS LE NEZ !
JE SAIS PATRON !... POUVEZ ÊTRE TRAN-QUILLE !
?
...ET TU SAIS CE QUE ÇA SIGNIFIE POUR TOI !
ÇA ALORS ! KARTLER ! J'L'AURAIS PARIÉ !!!
?
IL EST DONC AU COURANT POUR MON ÉVASION ! QUI DONC L'A AVERTI ?
...EN TOUT CAS LE GARDIE JE M'LE FARCIS : IL EST SUR MON CHEMIN..
...KARTLER S'EN VA : C'EST L'MOMEN

...HEUREUSEMENT J'AI TOUJOURS MON P'TIT MATÉRIEL SUR MOI.....!
?

ARG!
AAAH, LA BONNE, VIEILLE TECHNIQUE! DISCRÈTE, EFFICACE ET SURTOUT, PAR DERRIÈRE! ÇA ME RAPPELLE L'ALGÉRIE...
BON SANG! LUI AUSSI!... UNE MACHINE INFERNALE PLANTÉE DANS LE CERVEAU!!! LE MALHEUREUX!!!
...EN TOUT CAS EN V'LÀ UN QUI NE SOUFFRIRA PLUS!
PAF

...TROUVER L'ENTRÉE DE CETTE MAUDITE BARAQUE !

GRR
OUAF
KAÏ !
CLINK
GROOF !

KAIIII
?
?
?
OH! NOM DE DIEU!
BON SANG! VOILÀ DONC D'OÙ PROVENAIT CETTE ODEUR INFERNALE!
KAI
OUAF
SCRONTCH!
OUAF
GRRR..

... ET TOUJOURS LES SBIRES DE KARTLER... J'AI L'IMPRESSION QU'ON N'A PAS ATTIRÉ TOUS CES BÂTARDS ICI UNIQUEMENT POUR LES GAVER D'ORDURES ...
...Y'A MÊME DES EN-TRAÎNEUSES POUR RETENIR CEUX QUI N'ONT PLUS FAIM !...
... BIZARRE, BIZAR-RE... ÇA PUE LE TRAQUENARD!

...ET PUIS, SACREBLEU, SI GILBERTE TRAVAILLAIT ICI ...ELLE ÉTAIT SANS DOUTE UNE DE CES ENTRAÎNEUSES !!!
...NON ! ...C'EST IMPOSSIBLE, ELLE AVAIT DES PRINCIPES, TOUT DE MÊME... DÉJÀ AVEC MOI ELLE VOULAIT TOUJOURS ÉTEINDRE LA LUMIÈRE...
AAAH ! GILBERTE ! M'EXCUSERAS-TU JAMAIS D'AVOIR UN INSTANT ENTACHÉ TA MÉMOIRE !
T'ES TOUT SEUL MON MINET !
...TU DOIS ÊTRE AFFAMÉ... HMMM...VIENS CHÉRI...ON VA REJOINDRE TES PETITS CAMARADES...
?
TU PEUX ARRÊTER TON CINÉMA, PETITE DÉVERGONDÉE, J'SUIS PAS COMME CES VEAUX, MOI !
OH ! MON DIEU !

...TU VAS ME CONDUIRE DISCRÈTEMENT VERS LA PORTE DE CETTE BARAQUE : UN MOT, UN GESTE ET JE TROUE TON VENTRE LUBRIQUE, COMPRIS ?!
C'EST IDIOT, ON NE FERA PAS DIX MÈTRES. TU SERAS REPÉRÉ !
T'OCCUPE ! AVEC MON CAPUCHON J'PASSE INAPERÇU !

HA! HA! HA! SACRÉE LILI T'AS ENCORE RAMASSÉ UN ÉGARÉ!
HEU... COMME TU VOIS, HECTOR... COMME TU VOIS...
...PFFFF... BEN J'AI EU CHAUD! T'ES SÛRE QU'IL FAUT PASSER PAR...
...ICI ?
T'EN FAIS PAS MON LAPIN, J'AI PAS ENVIE DE MOURIR!
MAIS!?!
SNIF SNIF
SNIF SNIF
L'ODEUR!
J'ME SUIS FAIT PIÉGER C'EST... C..C'EST INTENABLE!

RAAAH... SALOPE ! TU SAVAIS QU'EN PASSANT PAR ICI ON SERAIT FACE AU VENT...
MAIS VOYONS, QU'EST-CE QUE TU VAS CHERCHER LÀ MON MINET ! CE N'EST QU'UNE LÉGÈRE ODEUR DE DÉTRITUS... TOUT À FAIT SUPPORTABLE... CEPENDANT SI TU AS UN P'TIT CREUX JE NE T'EMPÊCHERAI PAS D'ALLER REJOINDRE TES P'TITS CAMARADES...
LES ORDURES, MOI, J'LES CRÈVE !
?
?
BLAM

ALERTE!
FERMEZ LES PORTES! IL NE FAUT PAS QUE LES AUTRES EN PROFITENT POUR S'ÉCHAPPER!
COUCHÉ, RACAILLE!!!
?
?
?

ARG...
BLAM
BLAM
IL EN VIENT DE PARTOUT! MAIS ILS SONT FOUS, MA PAROLE! ILS AVANCENT TOUT DROIT SUR MON FLINGUE... COMME DES CAMÉS!!!
BLAM
BLAM
BLAM

CLIC!
...ET MERDE!
PAF
CETTE FOIS... C'EST... LA FIN.....!
ADIEU, LA VIE...

?
ARRÊTE!
...HÉ, HÉ, HÉ, HÉ, HÉ...
COMME ON SE RETROUVE, FERNAND!
?

...DÉCIDÉMENT, T'AURAIS PU ÊTRE UN HÉROS, FERNAND ; MAIS PAS DANS CETTE HISTOIRE...
TU NE MOURRAS MÊME PAS... ICI ON A BESOIN DE BÂTARDS VIGOUREUX COMME TOI...
...ET TOUTES CES BRUTES AVEC LEUR GOURDIN ET LEUR MACHINE INFERNALE DANS LA TÊTE, QU'EST-CE QUE TU LEUR AS FAIT ?
MOI ?! OOH.. RIEN ! HA ! HA ! HA !

SIMPLEMENT, JE SUIS LEUR DIEU! ...SANS MOI, ILS SERAIENT MORTS!!!
...DANS UNE SEMAINE, TU RAMPERAS DEVANT MOI, FERNAND, TU ME SUPPLIERAS POUR AVOIR LE DROIT DE VIVRE!!!
N'Y COMPTE PAS TROP, KARTLER! PLUTÔT CREVER!!!
HA! HA! HA! HA! LÀ OÙ TU VAS ALLER, PERSONNE N'EN RESSORT COMME AVANT! TU SERAS UNE LOQUE, FERNAND! UNE LOQUE!
EMMÈNE-LE, BORIS... TU L'ENFERMERAS AVEC LES AUTRES... À PLUS TARD, FERNAND. HA! HA! HA!
J'Y COMPTE BIEN! KARTLER! J'Y COMPTE BIEN!!

...ENTRE LÀ-DEDANS, TOI!
?
...COURAGE, M'SIEU FERNAND... J'SUIS AVEC VOUS!

...LA SERVEUSE DU BAR! BRAVE PETITE! L'IMMONDE KARTLER A DÛ L'OBLIGER À FAIRE L'ENTRAÎNEUSE PENDANT LA CÉRÉMONIE DES POUBELLES! ... LA PAUVRE!!!
HÉLÀ! TOI! FAUT PAS QU'TU RESTES ICI : IL EST DÉFENDU D'PARLER AUX PRISONNIERS.

J'VOUS AIDERAI, AYEZ CONFIANCE...
AAAH! MAIS C'EST BIEN ÇA!
?
PÂÂÂRFAIT, KARTLER! BIEN JOUÉ, BEAU TRRRAVAIL! GUT! GUT!

BON SANG!
VOILÀ DONC LE TERRIBLE DOCTEUR CALHOUN!
ACH! ZA ÊTRRE BRRAV CHIEN!
AH! AH! AH! BEN T'AS L'AIR MALIN TIENS!
ACH! CHÈRRE IRRINA, LE PRROPENSION DE CETTE CHIEN POUR TRRAHIRR SEMBLABLES N'AR-RRÊTE PAS D'ÉTONNER MOI!
?
NON, MAIS, REGARDEZ-MOI ÇA!.. QUEL CABOT! SI C'EST PAS MALHEUREUX!

...SI CET ANIMAL PAS TRRÈS INDISPENSABLE POURR CAPTURR CONGÉNÈRRES À LUI, J'EXAMINERRAIS BIEN SA CORRTEX !
GLUP
...À PRRÉSENT, CHÈRRE IRRINA, VOUS PORRTEZ TOUTES LES CHIENS AU LABO ! JE VAIS COMENCER TRRAITEMENT IMMÉDIATEMENT... VOUS MÉFIERREZ DE PETIT RROQUET AVEC PALETOT... LUI À L'AIRR TRRÈS TEIGNEUX, UTILISEZ PISTOLET HYPODERRMIQUE !
GUT, HERR DOKTOR !
?
HÉ ! HO !... ÇA VA PAS NON !
...C'EST QU'ELLE VA LE FAIRE, NOM DE DIEU !

NAN!
POPS
POC!

GI...GILBERTE !!! ENFIN! J'TE RE-TROUVE!
TROP TARD FERNAND! TROP TARD!
...BEAUCOUP PLUS TARD...
T...TROP TARR... TAR...
?...
?
RAAA

..C ... C'EST HORRIBLE!!! J..JE RÊVE ENCORE!!
... VOILÀ DONC COMMENT FINISSENT TOUS LES BÂTARDS ATTIRÉS PAR LES POUBELLES INFERNALES : COBAYES POUR LES EXPÉRIENCES D'UN SA-VANT FOU FURIEUX!!!
..ET MOI, JE NE DOIS QU'À MON ANESTHÉSIE PASSA-GÈRE DE NE PAS ENCORE ME TROUVER EN BOÎTE COMME CES MALHEUREUX; MAIS PAS D'ILLUSIONS : JE SUIS BON POUR LA FOURNÉE SUIVANTE!
..BIENSÛR LES SBIRES DE KARTLER ET LE CHAT DU PARC AVAIENT AUSSI DES PLAQUES DANS LA TÊTE; CELA SIGNIFIE QU'ILS SONT PASSÉS PAR ICI ... ET QU'ILS EN SONT RESSOR-TIS... MAIS L'ESPOIR EST DÉRISOIRE : ILS AVAIENT TOUS L'AIR COMPLÈTEMENT MALADES...

...ET SUR CES MOTS NOTRE HÉROS TOMBA COURAGEUSEMENT DANS UN PROFOND DÉSESPOIR ...

RHÂÂÂ! KEKSEKÇA!
HA HA
HAHA!
...ICI C'EST MOI QUI POSE LES QUESTIONS LARVE IMMONDE !
HEU... S'CUSEZ-MOI, J'SAVAISPAS !

...MERDE! IL M'A L'AIR BIEN ATTEINT, CELUI-LÀ! RESTONS CALME ET RÉSUMONS. ① J'SUIS TOMBÉ AUX MAINS D'UN FOU... ② J'VAIS PASSER À LA CASSEROLE, ÇA FAIT PAS UN PLI!!
ALORS J'LA POSE MA QUESTION!!
③ CE GUIGNOL DOIT ÊTRE LE RÉSULTAT D'UNE DIVAGATION PARTICULIÈREMENT RÉUSSIE DE CE DOCTEUR MALADE!...FAUT QUE JE TENTE DE LE CORROMPRE. IL POURRAIT P'TÊTE ME LIBÉRER!!
DITES, VOUS M'ÉCOUTEZ QUAND JE PARLE!
J'AI UNE QUESTION LÀ... TOUTE PRÊTE...

... BON, ÇA VA; MAIS LES CONDITIONS D'ABORD : SI J'AI TOUT BON, QU'EST-CE QUE J'GAGNE ?
BEN D'LA MORPHINE, TIENS !
... BEN, ÇA VA PAS ! QU'EST-CE QUE J'EN AI À FOUTRE, MOI ! J'SUIS PAS UN JUNKIE ; TOUT JUSTE UNE PETITE FUMETTE DE TEMPS À AUTRE POUR OUBLIER QUE JE BOIS !
PAUVRE NAÏF !
DANS UNE SEMAINE, TU SERAS CAMÉ JUSQU'À LA MOELLE ! SANS DROGUE, ON SUPPORTE TRÈS MAL LES EXPÉRIENCES DU DOCTEUR !!!
ELLES SONT TELLEMENT DOULOUREUSES !
HA ! HA ! HA !

...C'EST BON !!!...
...POSE TA QUESTION !
AAAH !
..EH BIEN, RÉPONDS-MOI : QU'EST-CE QUI MARCHE À QUATRE PATTES LE MATIN, LE MIDI, LE SOIR ?
BON SANG ! LA FILLE DU BAR ! BRAVE PETITE !!!

ALORS! ÇA VIENT !!!
BEN... HEUU...
PAF
?
HÉ HÉ! BIEN JOUÉ, PETITE!

...VITE, DÉLIVRE-MOI !
VOILÀ, VOILÀ !
J'AI AUSSI VOTRE MUSETTE, M'SIEU FERNANO... AVEC VOTRE REVOLVER ET DES MUNITIONS !
RÂÂÂH !!! DE LA POUDRE ET DES BALLES, PARFAIT !!!
DÉPÊCHONS-NOUS ! LE DOCTEUR PEUT REVENIR D'UN MOMENT À L'AUTRE !
NON ! ATTENDS !
...ET EUX ?! ON NE PEUT TOUT DE MÊME PAS LES LAISSER COMME ÇA !

...ET PUIS, JE NE SAIS TOUJOURS PAS QUI A TUÉ GILBERTE! FAUT QUE TU ME RACONTES!
...ÉCOUTEZ, M'SIEU FERNAND, VOUS NE TROUVEZ PAS QUE VOUS AVEZ ASSEZ EU L'OCCASION DE MOURIR AUJOURD'HUI...
..PARTONS! J'VOUS EN SUPPLIE!!!
NON!
TOUT DE MÊME, IL FAUT BIEN UN HÉROS DANS CETTE HISTOIRE SINON OÙ ALLONS-NOUS!
..MMMM..?
MMMM...
C'EST BON... J'VAIS VOUS DIRE...

TOUT A COMMENCE VOICI UN AN,..
À L'ARRIVÉE DU DOCTEUR...
L'ISOLEMENT DE CETTE MAISON CONVENAIT PARFAITEMENT À SES SOMBRES DESSEINS...
ACH! TEUFEL! GUT, GUT!!
IL Y FIT INSTALLER UN LABORATOIRE ET SE LANÇA AUSSITÔT DANS SES HORRIBLES EXPÉRIENCES!

AU DEBUT, IL CAPTURAIT LUI-MÊME LES CHIENS ERRANTS QUI RÔDAIENT DANS LES CAMPAGNES...
KAÏ
GUT! GUT!
... POUR ÉVITER LES HORRIBLES CRIS DE SOUFFRANCE DE SES VICTIMES, IL LEUR ADMINISTRAIT RÉGU-LIÈREMENT UNE FORTE DOSE DE MORPHINE...
CEPENDANT, QUELQUES-UNS, ATROCEMENT MUTILÉS, PAR-VINRENT À S'ÉVADER... ILS ÉTAIENT COMME FOUS, CHER-CHANT PARTOUT LA DROGUE DONT ILS ÉTAIENT DÉSOR-MAIS INCAPABLES DE SE PRIVER...

PERSONNE NE POUVAIT LEUR EN PROCURER EXCEPTÉ KARTLER, LE CHIEN DU DOUANIER ET L'AMANT DE GILBERTE.
SON MAÎTRE, PETIT EMPLOYÉ ÉTRIQUÉ, CONFISQUAIT RÉGULIÈREMENT DE LA DROGUE AUX TRAFIQUANTS DE TOUS POILS TENTANT DE PASSER PAR SON POSTE-FRONTIÈRE...
SALE JEUNE! GRMMBL...
...NE CHERCHANT PAS D'HISTOIRES, IL ENTERRAIT LA MARCHANDISE DANS SON POTAGER AU LIEU D'AVERTIR SES SUPÉRIEURS!
KARTLER N'AVAIT PLUS QU'À LA DÉTERRER, LA NUIT VENUE, AVEC L'AIDE DU "CHÂTRÉ", SON FIDÈLE ACOLYTE!
...DONNE VITE!
PFFF.
..ILS DISTRIBUÈRENT PARCIMONIEUSEMENT LA DROGUE AUX VIVISECTIONNÉS, EN ÉCHANGE DE LEUR TOTAL DÉVOUEMENT. KARTLER SE TROUVA AINSI À LA TÊTE
VOILA!
AU SUIVANT!

... D'UNE PETITE ARMÉE PRÊTE À N'IMPORTE QUOI POUR LUI ÊTRE AGRÉABLE !
KARTLER ÉTAIT DEVENU LE MAÎTRE INCONTESTÉ DE LA RÉGION MAIS SA MÉGALOMANIE N'AVAIT PLUS DE LIMITE, ... ET LE DOCTEUR AVAIT DE PLUS EN PLUS BESOIN DE CHIENS !
CES DEUX-LÀ ÉTAIENT FAITS POUR S'ENTENDRE : ILS MIRENT AU POINT LES POUBELLES-PIÈGES DONT VOUS AVEZ ÉTÉ VICTIME CE MATIN...
ACH DONNERWETTER ! BARRFAIT !
TEUFEL !
HIMMEL ZACKER !
GUT, GUT !
KARTLER PROPOSA À SA MAÎTRESSE GILBERTE DE LUI SERVIR D'ENTRAÎNEUSE ; CELLE-CI REFUSA CATÉGORIQUEMENT !!!

UNE VIOLENTE DISPUTE ÉCLATA : GILBERTE DÉCIDA DE ROMPRE AVEC KARTLER, DE PARTIR REFAIRE SA VIE LOIN DE CET ENFER.
...SOUVENT, ELLE PENSAIT À VOUS, M'SIEU FERNAND... ELLE VOUS CROYAIT MORT LÀ-BAS, DANS LE DÉSERT.
POOOA
SNIF !
UN MATIN, ELLE A DISPARU... SANS LAISSER DE TRACE...... ON L'A RETROUVÉE MORTE LE JOUR DE VOTRE ARRIVÉE...
?
PETITE, TOI AU MOINS, TU DOIS ME CROIRE : JE N'AI PAS TUÉ GILBERTE !
..VOUS EN FAITES PAS M'SIEU FERNAND. J'VOUS CROIS..

...MAIS KARTLER, J'LUI FERAI PAYER!
KARTLER........ ET LE DOCTEUR!
QUOI!
N...NON! PAS LE DOCTEUR! V...VOUS... VOUS NE VOUS RENDEZ PAS COMPTE! C'EST... C'EST...
?
..C'EST UN HOMME!

J'VOUS EN PRIE!!! NE FAITES PAS ÇA!! PARTONS D'ICI TANT QU'IL EN EST ENCORE TEMPS!!!
NON...
HÉLAS... JE NE PUIS ME SOUSTRAIRE À MON HORRIBLE DESTIN!!!
MON DIEU! C'EST TRAGIQUE!!!
ACH!
VOYONS SI LE BETIT BÂTARD EST DÉCHA RÉVEILLÉ!
MERDE! LE DOCTEUR! DÉJÀ! VITE PLANQUONS-NOUS!

DONNERWETTER!
VASZIZDAZ! ÉVADÉ!! ET FAUST!!! KAPUTT!
TEUFEL, CÉ BÉDIT CHIEN EST VRRAI-MENT TRROP DANGERREUX! TRRÈS MAUVAIS ESPRRIT, NICH GUT! IL RRISQUE DÉ CONTAMINER TOUS LES AUTRRES!... JE DOIS ABATTRRE LUI, HIMMELGOTT!
LUI DOIT PAS ÊTRRE TRRÈS LOIN!
J'VOUS EN PRIE, M'SIEU FERNAND, FUYONS!

...CHIEN ÊTRE TELLEMENT SERRVILE QU'IL SUFFIT D'APPELER LUI POUR QU'IL VIENNE !
ICI! AU PIED! COUCHÉ!
ICI J'AI DIT!
?
VOILÀ, VOILÀ! J'ARRIVE!
HÉ! T'ES FOLLE!
MAIS, LÂCHEZ-MOI VOYONS! LE MAÎTRE APPELLE, IL FAUT OBÉIR!!!
?!
PAF
BLAM
BLAM
VOILÀ J'ARRG!
?
NOON!

TEUFEL!
ZÉ BA LE PON CHIEN! HIMMEL--ZACKER!!!
OOH, NOON!!! C'EST PAS POSSIBLE!

...TU VAS PAYER, MONSTRE!!

ACH! LÉ FOILÀ! SOURTOUT BA POUCHÉ, SCHWEINHUND! LÉ TEMPS QUÉ CHE RECHARCHE MON FUSIL!
?!
MAÏS!! IL EST ARMÉ!!!
PAR QUEL PRODIGE!
IL FAUT QUE JE TIRE! ...LE TUER... LE TUER!

BLAM
BLAM
BLAM
..DONNERWETTER!

BROOOM
..SOYONS HUMAIN...
AH, ZUT! ÇA NE MARCHE PAS!!!
CLIC!
CLIC!

..PARTIR... IL FAUT PARTIR! FOUTRE LE CAMP D'ICI ET...
...ET OUBLIER!
?
OOOH... MA TÊTE!!

...TOI, SI T'AS LA MIGRAINE, J'AI LÀ-DEDANS DE QUOI LA CALMER DÉFINITIVEMENT!!
..PAS LA PEINE!
...MAÎTRE..
..MAÎTRE?
..HÉ OUI..., LE MAÎTRE EST MORT, VIVE LE MAÎTRE!!
....

...PUISQUE C'EST AINSI, ÉCOUTE : LE MAÎTRE EST FATIGUÉ, AUSSI TU T'OCCUPERAS DES CHIENS : RELÂCHE CEUX QUI SONT RÉCUPÉRABLES, QUANT AUX AUTRES... J'VEUX PAS SAVOIR..... IL Y A ASSEZ DE MORPHINE JE SUPPOSE...
... OUI MAÎTRE !

HÉ BIEN DANS CE CAS LE MAÎTRE PEUT SE TIRER.. TOUT D'UN COUP, IL A BESOIN D'AIR PUR, LE MAÎTRE !
?
SALUT MON GARS !

..DEUX MINUTES,... PLUS TARD.
DÉCIDÉMENT, J'CROIS QU'IL EST TEMPS DE TERMINER CETTE HISTOIRE...
SNIF! SNIF!
?
?
?
...BON SANG!
KARTLER!

SNIF! BEUH!
GILBERTE
...VOICI L'HISTOIRE QUI SE TERMINE KARTLER!
?!
GILBE
...NON..C'EST PAS MOI! J'TE LE JURE, MAÎTRE!
J'LAI PAS TUÉE, GILBERTE..
ALORS, QUI?

..JE NE SAIS PLUS - J...J'L'AIMAIS TELLEMENT! SNIF!
BEEUH!
?
GILBERTE

..J'LE TUE.. J'LE TUE PAS?
TOUT CE QUE J'AI FAIT, C'ÉTAIT POUR ELLE !!
ALLEZ, C'EST BON, J'LE TUE PAS!
...QUAND ON N'EST PAS BEAU, FAUT ÊTRE PUIS-SANT !
SNIF!
..Y M'ÉMEUT!
C'EST BON... ..TAILLE -TOI, MON GROS! LE MAÎTRE A ASSEZ FLINGUÉ POUR AUJOURD'HUI: T'AS LA VIE SAUVE, VEINARD!
.MERSNIF!
?!
G.
?
?
BLAM

?
?
...HÉ, HÉ ; JE CROIS M'ÊTRE OUBLIÉ UN MOMENT : LE COUP EST PARTI TOUT SEUL !
TOUT DE MÊME T'AURAIS PU FAIRE ATTENTION ! ON NE TUE PAS LES GENS AINSI, PAR DISTRACTION !
JE CROIS BIEN QU'EN CE DOMAINE TU N'AS PAS DE LEÇON À ME DONNER ÉTRANGER !

Y'A PAS À DIRE, TU L'AURAS CHERCHÉ

...QU.. QUE VEUX-TU DIRE ?! TU AS TROP PARLÉ ... OU PAS ASSEZ!!!
GILBERTE
?
...VOILÀ:
...GILBERTE, C'EST...
...C'EST TOI QUI L'AS TUÉE!!
GILBERTE
NOOON!!

..TUÉE NET!
N'OOON !!!!
..APRÈS SA RUPTURE AVEC KARTLER, GILBERTE A DISPARU; KARTLER M'A OFFERT UNE GROSSE SOMME POUR ENTREPRENDRE DES RECHERCHES; J'AVAIS BESOIN DE FRIC, J'AI ACCEPTÉ...
... LE JOUR DE TON ARRIVÉE, J'AVAIS ENFIN RETROUVÉ SA PISTE : ELLE ÉTAIT PLANQUÉE AU PIED DU TALUS AU-DESSUS DUQUEL TU PIQUE-NIQUAIS, ..ELLE ÉTAIT TELLEMENT OCCUPÉE À T'OBSERVER QU'ELLE NE S'ÉTAIT PAS RENDU COMPTE QUE JE LA FILAIS!

...HÉLAS, C'EST LA VÉRITÉ : À LA IÈME PAGE, IÈME CASE ; T'AS JETÉ TA VIDANGE DE GROS ROUGE DANS LE TALUS – ELLE Y ÉTAIT..... ELLE L'A REÇUE SUR LE CRÂNE!
TOUT À COUP, ELLE T'A RECONNU! ELLE SE PRÉCIPITE!... TA BOUTEILLE ARRIVE EN SENS INVERSE...
ELLE EST MORTE DANS MES BRAS.. JE LUI FERME LES YEUX,... ET JE LA LAISSE LÀ : COUCHÉE DANS LE FRAIS GAZON...LES PIEDS DANS LES GLAÏEULS ...DANS SA PETITE ROBE BLANCHE TOUTE TACHÉE DE SANG, ELLE SEMBLAIT SOURIRE AUX GOUTTES DE PLUIE QUI CARESSAIENT SON FRAIS MINOIS — COMPLÈTEMENT DÉFIGURÉ!!!
...GILBERTE MORTE, ÇA M'ENNUYAIT PLUTÔT: KARTLER RISQUAIT DE M'EN RENDRE RESPONSABLE ; J'POUVAIS PAS DEVINER QUE ÇA L'ARRANGERAIT MIEUX DE T'ACCUSER...
...AUSSI, JE ME SUIS PRÉCIPITÉ AU VILLAGE RÉCLAMER LE MONTANT DE MES HONORAIRES À KARTLER AVANT QU'IL N'APRENNE LA MORT DE SON EX-MAÎTRESSE ; JE LUI RACONTE QUE SANS DOUTE GILBERTE A QUITTÉ LE PAYS ET QUE J'ABANDONNE MES RECHERCHES DÉSORMAIS INUTILES.

KARTLER ÉTAIT FURIEUX ! J'ME SUIS FAIS JETER DEHORS COMME UN MALPROPRE !... JUSTE AU MOMENT OÙ TU ARRIVAIS...

...À CE MOMENT, J'AI DÉCIDÉ DE ME VENGER, À MA FAÇON : PAR PERSONNE INTERPOSÉE
LA PERSONNE INTERPOSÉE, C'ÉTAIT MOI ?

...EXACT ! LE RÔLE PRINCIPAL ME CONVIENT MAL : JE PRÉFÈRE TIRER LES FICELLES DANS L'OMBRE...
EH BIEN, TU DOIS ÊTRE SATISFAIT !

NON... EN TUANT CALHOUN T'AS ÉTÉ TROP LOIN... LE DOCTEUR, C'ÉTAIT LA RE--LIGION DU CHAOS QUI RÉGNAIT DANS LE PAYS.
MAINTENANT, LA RÉGION EST PEUPLÉE DE FOUS, DE MALADES, DE "JUNKIES" OU DE MORTS... MOI JE ME DÉBROUILLE PAS TROP MAL DANS UN CHAOS NÉ DE LOGIQUES OU DE MORALES CONTRADICTOIRES MAIS DANS LA PAGAILLE TOTALE, C'EST DIFFÉRENT!!!
..TU FERAS CE QUE TU VOUDRAS MAIS MOI J'ME TAILLE, ÉTRAN--GER!!!

J'SAIS PAS, MOI... J'SAIS PLUS C'QUE J'VEUX !
PEUT ÊTRE COURIR...
COURIR TOUT NU... À QUATRE PATTES...

FIN

J'ai lu BD

ABULI	**Torpedo-1** (BD 25, ★2)
BEAUNEZ	**Mes partouzes** (BD 24, ★3)
BINET	**Les Bidochon-1** (BD 4, ★3)
BRETÉCHER	**Les Gnangnan** (BD 5, ★2)
COMÈS	**Silence** (BD 12, ★5)
DERMAUT & BARDET	**Les chemins de Malefosse-1** (BD 19, ★5 c.)
FRANQUIN	**Idées noires** (BD 1, ★3)
	Gaston 1-Gala de gaffes (BD 17, ★3 couleur)
GIARDINO	**Sam Pezzo-1** (BD 15, ★3)
GOTLIB	**Pervers Pépère** (BD 8, ★3)
	Rhââ Lovely-1 (BD 21, ★3)
LAUZIER	**Zizi et Peter Panpan** (BD 23, ★5 couleur)
LELONG	**Carmen Cru-1** (BD 14, ★3)
LIBERATORE	**RanXerox à New York** (BD 3, ★5 couleur)
MANARA	**HP et Giuseppe Bergman** (BD 20, ★5)
MORCHOISNE, MULATIER, RICORD	**Ces Grandes Gueules** (BD 16, ★4 c.)
MORDILLO	**Les meilleurs dessins d'Opus** (BD 10, ★4 couleur)
PÉTILLON	**Mr Palmer et Dr Supermarketstein** (BD 13, ★5 c.)
	La ballade de la mer salée (BD 11, ★6)
QUINO	**Mafalda-1** (BD 2, ★4 couleur)
SERRE	**Les meilleurs dessins** (BD 6, ★5 couleur)
SOKAL	**Canardo-1** (BD 26, ★5 couleur)
TABARY	**L'enfance d'Iznogoud** (BD 9, ★5 couleur)
TARDI	**Adèle et la Bête** (BD 18, ★4 couleur)
VEYRON	**L'amour propre** (BD 7, ★5 couleur)
WALTHÉRY & GOS	**Natacha, hôtesse de l'air** (BD 22, ★4 couleur)

3 juillet 1987

BINET **Kador-1** (BD 27, ★3)
TILLIEUX **Gil Jourdan/Libellule s'évade** (BD 28, ★5 couleur)
ROSINSKI & VAN HAMME **Thorgal-1** (BD 29, ★5 couleur)
BARBE **Cinémas et autres choses** (BD 30, ★2)

4 septembre

MANARA **Le déclic** (BD 31, ★3)
SERRE **Humour noir** (BD 32, ★5 couleur)
LOB, GOTLIB, ALEXIS **Superdupont** (BD 33, ★3)
BOUCQ **Les pionniers de l'aventure humaine** (BD 34, ★5 c.)

5 octobre

TARDI & MALET **Brouillard au pont de Tolbiac** (BD 35, ★4)
LELOUP **Yoko Tsuno-1** (BD 36, ★5 couleur)
SEGRELLES **Le mercenaire-1** (BD 37, ★4 couleur)
ÉDIKA **Débiloff profondicom** (BD 38, ★3)

5 novembre

FRANQUIN **Gaston-2 - Gaffes à gogo** (BD 39, ★3 couleur)
WEYLAND **Aria-1 - La fugue d'Aria** (BD 40, ★4 couleur)
AUTHEMAN **Vic Valence-1** (BD 41, ★4 couleur, Alfred 87)
SERVAIS & DEWAMME **Tendre Violette** (BD 42, ★5)

4 décembre

GOTLIB **Gai-Luron-1** (BD 43, ★3)
PAT MALLET **Les petits hommes verts** (BD 44, ★4 couleur)
VAN DEN VOOGAARD **Léon-la-Terreur** (BD 45, ★5 couleur)
BRUNEL **Pastiches-1** (BD 46, ★5 couleur)

J'ai lu BD

ABULI **Torpedo-1** (BD 25, ★2)
BEAUNEZ **Mes partouzes** (BD 24, ★3)
BINET **Les Bidochon-1** (BD 4, ★3)
BRETÉCHER **Les Gnangnan** (BD 5, ★2)
COMÈS **Silence** (BD 12, ★5)
DERMAUT & BARDET **Les chemins de Malefosse-1** (BD 19, ★5 c.)
FRANQUIN **Idées noires** (BD 1, ★3)
Gaston 1-Gala de gaffes (BD 17, ★3 couleur)
GIARDINO **Sam Pezzo-1** (BD 15, ★3)
GOTLIB **Pervers Pépère** (BD 8, ★3)
Rhââ Lovely-1 (BD 21, ★3)
LAUZIER **Zizi et Peter Panpan** (BD 23, ★5 couleur)
LELONG **Carmen Cru-1** (BD 14, ★3)
LIBERATORE **RanXerox à New York** (BD 3, ★5 couleur)
MANARA **HP et Giuseppe Bergman** (BD 20, ★5)
MORCHOISNE, MULATIER, RICORD **Ces Grandes Gueules** (BD 16, ★4 c.)
MORDILLO **Les meilleurs dessins d'Opus** (BD 10, ★4 couleur)
PÉTILLON **Mr Palmer et Dr Supermarketstein** (BD 13, ★5 c.)
La ballade de la mer salée (BD 11, ★6)
QUINO **Mafalda-1** (BD 2, ★4 couleur)
SERRE **Les meilleurs dessins** (BD 6, ★5 couleur)
SOKAL **Canardo-1** (BD 26, ★5 couleur)
TABARY **L'enfance d'Iznogoud** (BD 9, ★5 couleur)
TARDI **Adèle et la Bête** (BD 18, ★4 couleur)
VEYRON **L'amour propre** (BD 7, ★5 couleur)
WALTHÉRY & GOS **Natacha, hôtesse de l'air** (BD 22, ★4 couleur)

3 juillet 1987

BINET **Kador-1** (BD 27, ★3)
TILLIEUX **Gil Jourdan/Libellule s'évade** (BD 28, ★5 couleur)
ROSINSKI & VAN HAMME **Thorgal-1** (BD 29, ★5 couleur)
BARBE **Cinémas et autres choses** (BD 30, ★2)

Et bientôt *Le déclic, Superdupont, Gaston-2, Gai-Luron, Léon-la-Terreur* etc...

26

Imprimé par Tipolitografia Canale à Turin
le 27 avril 1987
Dépôt légal juin 1987. ISBN 2-277-33026-4
Imprimé en Italie

J'ai lu BD/Éditions J'ai lu
27, rue Cassette 75006 PARIS
Diffusion France et étranger : Flammarion